HÉSIODE ÉDITIONS

ARTHUR CONAN DOYLE

Peter le noir

Hésiode éditions

© Hésiode éditions.

22 rue Gabrielle Josserand - 93500 Pantin.
ISBN 978-2-38512-165-5
Dépôt légal : Novembre 2023

Impression Books on Demand GmbH

In de Tarpen 42
22848 Norderstedt, Allemagne

Peter le noir

Je n'ai jamais connu Sherlock Holmes mieux en forme au point de vue physique et moral qu'au cours de l'année 1895. Sa renommée grandissante lui avait amené une clientèle immense. Et ce serait une indiscrétion de ma part de faire connaître le nom des augustes personnes qui franchirent le seuil de notre appartement de Baker Street. Holmes cependant, comme tous les grands artistes, ne vivait que pour son art, et, sauf dans l'affaire du duc d'Holdernesse, je l'ai rarement vu réclamer une grosse récompense pour prix de ses services inestimables. Il était si peu mondain ou si capricieux que, souvent, je l'ai vu refuser son aide aux personnages riches et haut placés dont les affaires ne lui convenaient pas, pour consacrer des semaines d'études compliquées à des problèmes intéressant des clients plus humbles, mais dont les aspects dramatiques fascinaient son imagination et son intelligence.

Pendant cette année mémorable, une succession d'affaires plus étranges les unes que les autres avait occupé son attention, depuis l'enquête restée fameuse sur la mort soudaine du cardinal Torca, à laquelle il procéda sur le désir de Sa Sainteté, jusqu'à l'arrestation de Wilson, le fameux éleveur de canaris qui débarrassa Londres d'un de ses plus dangereux criminels. À la suite de ces deux fameuses affaires, survint ce drame de Woodman's Lee, la mort du capitaine Peter Carey entourée de circonstances si mystérieuses.

L'histoire des faits et gestes de Sherlock Holmes resterait incomplète si je ne me décidais à faire le récit de cette aventure extraordinaire. Pendant la première semaine de juillet, mon ami s'était absenté de notre appartement si souvent et pendant si longtemps, que je pensais bien qu'il avait quelque chose en train. Ce fait que plusieurs individus de mauvaise mine étaient venus pendant son absence demander le capitaine Basil, me fit comprendre que Holmes était en train de travailler quelque part sous un des nombreux déguisements qui masquaient parfois son identité. Il ne me parla pas de ses préoccupations et il n'était pas dans mes habitudes de forcer ses confidences. Ma première supposition fut qu'il se livrait aux recherches les plus importantes. Il était descendu avant moi pour prendre son repas et j'avais commencé à déjeuner quand il entra dans la salle à manger, le chapeau sur la tête et portant sous le bras comme un parapluie, un énorme harpon barbelé.

— Bonté divine, Holmes ! m'écriai-je. Vous venez de vous promener dans Londres avec cet objet ?

— Je suis allé en voiture chez un boucher et j'en sors.

— Chez un boucher ?

— Je rentre avec un fameux appétit ! Rien ne vaut un bon exercice avant le déjeuner, mais je parie que vous ne devinerez jamais celui auquel je me suis livré.

— Je n'essaierai même pas.

Il se mit à rire et se versa du café.

— Si vous étiez rentré dans l'arrière-boutique d'Allardyce, vous auriez vu le cadavre d'un porc, suspendu par un clou au plafond, et un gentleman en bras de chemise qui cherchait à le traverser avec un harpon. C'était moi qui jouais ce rôle et je me suis assuré que nul individu de ma force ne pourrait le transpercer d'un seul coup. Vous n'avez pas envie d'essayer ?

— Pour rien au monde, mais dans quel but avez-vous fait cela ?

— Parce que cela me semble avoir un certain rapport avec le mystère de Woodman's Lee… Tiens, Hopkins ! J'ai reçu votre dépêche hier au soir et je vous attendais ; entrez donc.

Notre visiteur était un homme de trente ans environ, à l'aspect énergique, vêtu d'un complet sombre, mais ayant dans son attitude ce je ne sais quoi qui dénote l'habitude de porter l'uniforme. Je le reconnus de suite pour être Stanley Hopkins, un jeune inspecteur de police, sur l'avenir duquel Holmes fondait les plus grandes espérances, et qui, de son côté, professait pour les doctrines scientifiques de Holmes un respect mêlé à la plus vive admiration. Le front d'Hopkins était soucieux et il s'assit d'un air découragé.

– Non merci, je n'ai pas faim, j'ai déjeuné avant de venir. J'ai passé la nuit à Londres, où je suis appelé pour faire mon rapport.

– Et qu'avez-vous trouvé ?

– Un échec, un échec complet !

– Vous n'avez pas fait un pas en avant ?

– Pas un.

– Vraiment ! il va falloir que je m'en mêle.

– J'en serais bien heureux, monsieur Holmes. Voilà ma première grosse affaire et je suis à bout de ressources. Je vous en supplie, donnez-moi un coup de main.

– Eh bien, j'ai déjà lu tous les témoignages, y compris le rapport du docteur qui a fait l'autopsie. À propos, que pensez-vous de cette blague à tabac trouvée sur la scène du crime ? N'y a-t-il pas là une piste à suivre ?

Hopkins le regarda étonné.

– C'est la blague à tabac de la victime, monsieur. Elle porte ses initiales. Elle est en peau de phoque et Peter Carey était, comme vous le savez, un vieux marin.

– Mais il ne fumait pas !

– Nous n'avons pas trouvé de pipe chez lui, c'est vrai, car il fumait très peu, mais il pouvait avoir chez lui du tabac pour offrir à ses amis.

– Sans doute, je vous en parle uniquement parce que, si j'avais eu à m'occuper de cette affaire, j'aurais été tenté de la prendre comme point de départ de mes recherches. Mon ami le Dr Watson n'est au courant de rien, et moi, je ne serais pas fâché de vous entendre raconter à nouveau ce drame. Rappelez-moi donc les points essentiels.

Hopkins tira un papier de sa poche :

– J'ai inscrit là quelques dates qui vous indiqueront la carrière de la victime, le capitaine Peter Carey. Il était né en 1845, il avait donc cinquante ans. Très audacieux, il avait obtenu de grands succès dans les pêches du phoque et du requin. En 1883, il commandait un vapeur de pêche, la Licorne, du port de Dundee, et il fit plusieurs voyages heureux. L'année suivante, en 1884, il prit sa retraite et y voyagea pendant plusieurs années. Enfin, il acheta une petite propriété du nom de Woodman's Lee, près de Forest Row, dans le comté de Sussex. C'est là qu'il vécut pendant six années et c'est là qu'il est mort il y a huit jours.

Sa manière de vivre était pleine de contrastes ; à l'état normal, c'était un puritain d'un caractère triste et silencieux. Il vivait avec sa femme, sa fille âgée de vingt ans et deux bonnes. Ces dernières changeaient constamment, la place étant peu enviable, car Peter Garey s'enivrait assez souvent et, quand il se trouvait en état d'ivresse, il devenait un véritable démon. Une fois même, il mit à la porte sa femme et sa fille au milieu de la nuit et, armé d'un bâton, les poursuivit dans le parc tandis que leurs cris d'effroi réveillaient tout le village.

Il fut cité une fois en justice, pour avoir frappé avec la dernière violence le vieux vicaire de la paroisse, qui était venu lui faire des reproches sur sa conduite. En somme, monsieur Holmes, il était difficile de trouver un homme plus violent que Peter Carey, et j'ai ouï-dire que jadis, à bord de son navire, c'était tout pareil. On l'appelait Peter le Noir ; ce nom lui fut donné, non seulement à cause de son teint basané et de la couleur de sa longue barbe, mais aussi à cause de son caractère et de la terreur qu'il inspirait à tous ceux qui l'approchaient. Il était, bien entendu, détesté de tous ses voisins et tenu à l'écart par eux ; je n'ai pas entendu un mot de regret sur sa terrible fin.

Vous avez certainement lu dans le rapport sur l'autopsie la description de sa cabine, monsieur Holmes, mais peut-être votre ami n'en a-t-il pas entendu parler. Il s'était construit dans son parc, à quelque distance de sa maison, une maisonnette en bois qu'il appelait sa cabine, et c'est là qu'il couchait toutes les nuits. C'était une sorte de hutte, formant une seule pièce de seize pieds sur dix, dont il gardait toujours la clef dans sa poche, allant jusqu'à faire lui-même son lit et son ménage. Personne autre que lui n'en avait jamais passé le seuil. Cette pièce était éclairée par deux petites fenêtres garnies de rideaux qu'on n'ouvrait jamais. Une de ces fenêtres donnait vers la grande route, et les passants, en voyant briller la lumière, se demandaient, avec effroi, à quelle œuvre sombre se livrait Peter le Noir. C'est cette fenêtre, monsieur Holmes, qui nous a fourni le point de départ de notre enquête.

Vous vous rappelez qu'un maçon du nom de Slater revenait de Forest Row vers une heure du matin, deux jours avant le crime. Il s'arrêta en passant devant la propriété et regarda le carré de lumière qui brillait à travers les arbres. Il a affirmé qu'il avait vu un profil se détacher sur le store, mais que ce n'était pas celui de Peter Carey, qu'il connaissait fort bien. C'était celui d'un homme à la barbe courte et raide, bien différente de celle du capitaine. Voilà ce qu'il a déclaré, mais il venait de passer deux heures à boire à l'auberge et il y a une certaine distance de la route à la fenêtre !

En outre, ceci se serait passé le lundi et le crime n'a été commis que le mercredi.

Le mardi, Peter Carey était de fort méchante humeur, excité par l'alcool et aussi dangereux qu'une bête sauvage. Il rôda dans toute sa maison et, en l'entendant venir, les femmes prirent la fuite. Il descendit de sa cabine assez tard dans la soirée. Vers deux heures du matin, sa fille, qui couchait la fenêtre ouverte, entendit dans cette direction un hurlement épouvantable ; mais, comme il arrivait souvent à son père, quand il était ivre, de pousser des cris, on n'y fit pas attention.

Une des bonnes, en se levant vers sept heures, constata que la porte de la cabine était ouverte ; mais telle était la terreur qu'il inspirait que midi sonna avant qu'elle osât descendre pour voir ce qui était arrivé. Après avoir jeté un coup d'œil à travers la porte, elle s'enfuit épouvantée vers le village. Une heure plus tard, j'arrivais et prenais la direction de l'enquête.

J'ai les nerfs solides, vous le savez, monsieur Holmes, mais, parole d'honneur, j'ai été plutôt ému quand je suis entré dans la maisonnette ! Des mouches vertes et bleues bourdonnaient avec une telle force qu'on eût cru entendre les sons d'un harmonium. Le parquet et les murs ressemblaient à ceux d'un abattoir. Peter Garey avait appelé cette maisonnette sa cabine et il avait eu raison ; on se serait cru, en effet, à bord d'un navire. À une extrémité se trouvait un hamac et un caisson à effets, des mappemondes, des cartes, un tableau représentant la Licorne, une rangée de livres de bord, bref la cabine d'un capitaine de navire. Au milieu était étendu le cadavre méconnaissable, dont la barbe se tenait raide, la figure angoissée. Un harpon d'acier avait transpercé sa large poitrine. L'arme avait été lancée avec une telle force qu'elle s'était enfoncée dans la cloison en planches. Il était épinglé comme un papillon sur un carton. La mort avait dû suivre instantanément le cri terrible qu'il avait poussé.

Je connais vos méthodes, monsieur Holmes, et je les ai appliquées.

Avant qu'on eût touché à quoi que ce fût, j'examinai avec un soin minutieux tout le terrain autour de la maisonnette ainsi que le parquet de la pièce. Il n'y avait pas la moindre empreinte de pas.

– Cela veut dire que vous n'en avez pas vu.

– Je vous affirme qu'il n'y en avait pas.

– Mon brave Hopkins, j'ai recherché bien des crimes ; mais, jusqu'ici, je n'en ai jamais découvert qui aient été commis par une créature munie d'ailes. Donc si l'assassin a des pieds, il a dû forcément laisser des traces qui doivent être retrouvées, si l'on procède scientifiquement. Il est difficile d'admettre que, dans cette pièce remplie de sang, vous n'ayez pu trouver une empreinte quelconque capable de nous guider. Il m'a semblé, à la lecture de l'enquête, que certains objets n'ont pas attiré votre attention.

Le jeune inspecteur fit la grimace à cette observation de mon ami.

– J'ai eu bien tort de ne pas vous prier de venir dès le commencement ; il est trop tard maintenant. En effet, il y avait dans la pièce plusieurs objets qui auraient dû attirer mon attention, et notamment le harpon qui avait servi au crime. On l'avait pris à un râtelier fixé au mur, où deux autres étaient encore accrochés, laissant la place vide du troisième. Sur leur manche était gravée l'inscription : « SS – la Licorne – Dundee. » Cela paraît démontrer que le crime a été commis dans un moment de colère et que l'assassin s'est servi de la première arme qui lui est tombée sous la main. Cette circonstance que l'assassinat a eu lieu a deux heures du matin et que Peter était complètement habillé, semble prouver qu'il avait un rendez-vous avec son meurtrier, d'autant plus qu'une bouteille de rhum et deux verres ayant servi se trouvaient sur la table.

– Oui, dit Holmes. C'est fort plausible. Y avait-il d'autre alcool que le rhum dans la cabine ?

– Oui, il y avait, sur le caisson, une cave à liqueurs contenant du cognac et du whisky. Mais cela n'a aucune importance, car les flacons étaient remplis, on n'y avait pas touché.

– Néanmoins, leur présence a une signification, dit Holmes ; enfin, indiquez-moi les objets qui peuvent servir de pièces à conviction.

– Il y avait sur la table cette blague à tabac.

– À quel endroit de la table ?

– Au milieu. Elle est en peau de phoque et se ferme par une lanière de cuir. Sous la patte se trouvent les initiales P. C. Elle contenait une demi-once de tabac de matelot.

– Très bien ! Rien de plus ?

Stanley Hopkins tira de sa poche un carnet à couverture grise. L'intérieur était rugueux et indiquait un long usage. Les pages en étaient décolorées. Sur la première étaient inscrites les initiales J. H. N. et la date de 1883. Holmes le posa sur la table et l'examina avec son soin habituel, tandis que Hopkins et moi, regardions par-dessus son épaule. À la seconde page, se trouvaient imprimées les lettres C. P. R., puis des pages couvertes de chiffres, puis un en-tête : « Argentin », puis un autre : « Costa-Rica », un autre : « Saint-Paul » et, sous chacun de ces titres, des pages couvertes de lettres et de chiffres.

– Que dites-vous de cela ? demanda Holmes.

– On dirait une liste de valeurs de Bourse. J'ai pensé que J. H. N. devaient être les initiales de quelque courtier, et C. P. R. celles de son client.

— Essayez donc : Canadian Pacific Railway !

Stanley Hopkins jura entre ses dents et se frappa la cuisse.

— Quel imbécile je suis ! s'écria-t-il. C'est cela, j'en suis sûr. Nous n'avons donc qu'à trouver les initiales J. H. N. J'ai déjà examiné les anciennes listes du personnel de la Bourse et je ne trouve, en 1883, aucune personne dont le nom corresponde à ces initiales. Et pourtant je suis sûr que c'est là la clef du mystère. Vous admettrez que ces initiales peuvent être celles de la seconde personne qui était présente, en d'autres termes celles du meurtrier. La découverte de ce document ayant trait à des valeurs importantes peut être très utile pour déterminer le mobile du crime.

Je lus sur la physionomie de Sherlock Holmes qu'il n'avait pas prévu ce point.

— J'admets tout cela, dit-il, et ce carnet, dont il n'a jamais été question dans l'enquête écrite, modifie, je le reconnais, l'opinion que j'avais déjà formulée. J'avais émis, pour expliquer le crime, une hypothèse qui n'est plus de mise. Avez-vous trouvé une trace quelconque des valeurs en question ?

— On s'en occupe dans nos bureaux, mais je crains bien que les registres des actionnaires de ces valeurs américaines ne soient en Amérique, et que nous soyons obligés d'attendre quelques semaines avant d'arriver à en trouver la trace.

Holmes examinait à la loupe la couverture du carnet.

— Il y a là une décoloration, dit-il.

— Oui, monsieur, c'est une tache de sang. Je vous ai dit que j'avais ramassé ce livre à terre.

— La tache de sang était-elle en dessus ou en dessous ?

— En dessous.

— Ce qui prouve que le livre est tombé après le crime.

— C'est bien là ce que j'ai pensé, monsieur Holmes, et j'en ai conclu que le meurtrier l'avait laissé tomber dans sa précipitation à s'enfuir. Ce carnet était, d'ailleurs, tout près de la porte.

— Je pense qu'aucune de ces valeurs n'était la propriété de la victime ?

— Non, monsieur.

— Avez-vous un motif de croire à un vol ?

— Non, monsieur ; à mon avis, on n'a touché à rien.

— Vraiment, cette affaire est passionnante. Vous avez trouvé un couteau ?

— Oui, un couteau-poignard, enfermé dans une gaine. Je l'ai trouvé près des pieds du cadavre. Mme Carey l'a reconnu comme appartenant à son mari.

Holmes resta quelque temps pensif.

— Hé bien ! dit-il, je crois que je ferai bien d'aller jeter un coup d'œil là-bas.

Stanley Hopkins jeta un cri de joie.

— Merci, monsieur, cela m'enlèvera un grand poids.

Holmes menaça du doigt l'inspecteur.

– Ma tâche eût été plus facile il y a huit jours, dit-il, mais cependant, ma visite pourra être de quelque utilité. Si vous avez le temps, Watson, je serai très heureux de vous avoir avec moi… Prenez donc un fiacre, Hopkins, et dans un quart d'heure, nous partirons pour Forest Row.

À la sortie d'une halte de chemin de fer, nous fîmes quelques kilomètres en voiture à travers les bois, restes de ces grandes forêts, qui permirent de résister si longtemps aux invasions des Saxons et furent comme une digue qui s'opposa pendant soixante années à ce torrent impétueux. De nombreux espaces furent défrichés, car on y découvrit les premières mines de fer du pays et l'on dut se servir des arbres pour la fonte du métal. Depuis que les pays du Nord ont accaparé cette industrie, il ne reste plus dans le pays que de larges crevasses, vestiges des travaux du passé. Au milieu d'une clairière, située au sommet d'une colline verdoyante, avait été construite une maison en pierres, longue et basse. On y accédait par une avenue qui serpentait à travers champs. Plus près de la route, et entourée de trois côtés par les bosquets, se trouvait une petite construction dont la fenêtre et la porte s'offraient à nos yeux. C'était là le théâtre du crime.

Stanley Hopkins nous conduisit alors à la maison, où il nous présenta à la veuve de la victime, une femme à cheveux gris, à l'œil hagard, maigre, le visage ridé, ayant encore au fond de ses yeux rougis un regard terrifié ; elle nous raconta les mauvais traitements qu'elle avait subis pendant de longues années. Une jeune fille, mince et pâle, dont les yeux brillaient d'une sorte de défi, nous dit qu'elle était heureuse de la mort de son père et qu'elle bénissait la main qui l'avait frappé. Peter Carey pouvait se vanter de s'être fait aimer de ceux qui l'approchaient ! Nous éprouvâmes une sensation de bien-être en nous retrouvant dans le petit sentier à travers champs, qu'avaient tracé à la longue les pieds de la victime.

La maisonnette était exiguë. Elle était construite en bois avec une simple toiture horizontale. Une fenêtre était placée près de la porte d'entrée, une autre donnait de l'autre côté. Stanley Hopkins tira une clef de sa poche et se pencha vers la serrure, quand tout à coup il s'arrêta, la surprise peinte sur ses traits.

– Quelqu'un y a touché ! dit-il.

Le fait n'était pas douteux. La boiserie avait été coupée, et l'on voyait sur la peinture des éraflures toutes fraîches. Entre temps, Holmes avait examiné la fenêtre.

– On a également essayé de forcer cette fenêtre, dit-il, mais sans y parvenir. Il ne devait pas être solide, le voleur !

– Voilà qui est extraordinaire. Je jurerais que ces marques ne s'y trouvaient pas hier au soir.

– C'est peut-être quelque curieux du village, dis-je.

– C'est peu probable, on n'oserait guère entrer dans la propriété et, encore moins, essayer de pénétrer dans la cabine ; qu'en pensez-vous, monsieur Holmes ?

– Moi, je trouve que nous avons de la chance.

– Vous voulez dire que la personne reviendra ?

– C'est très probable. Celui qui est venu pensait trouver la porte ouverte. Il a essayé de l'ouvrir avec la lame d'un canif et n'a pas réussi ; que pouvait-il faire ? Revenir le lendemain avec un outil plus solide.

– C'est ce qui me semble, et ce sera de notre faute si nous ne sommes pas là pour le recevoir. Voyons l'intérieur de la cabane.

Les traces du drame avaient disparu, mais les meubles étaient restés tels qu'ils se trouvaient durant la nuit du crime. Pendant plus de deux heures, Holmes examina chaque objet à tour de rôle, mais rien qu'à le regarder on constatait qu'il n'avait rien découvert. Une fois seulement, il s'était arrêté dans ses constatations.

– Avez-vous enlevé quelque chose de cette étagère, Hopkins ?

– Non, je n'y ai pas touché.

– On y a pourtant pris quelque chose. La poussière a disparu de ce côté-ci. Il devait y avoir un livre ou une boîte à cet endroit. En tout cas, je n'y puis plus rien maintenant. Allons faire un tour dans ces grands bois, Watson, et consacrons quelques heures aux oiseaux et aux fleurs. Nous vous retrouverons ici plus tard, Hopkins, et nous verrons s'il ne nous est pas possible de faire la connaissance de celui qui est venu ici la nuit dernière.

À onze heures du soir, nous établissions notre embuscade. Hopkins voulait laisser ouverte la porte de la cabine, mais Holmes ne fut pas de cet avis et fit observer que cela éveillerait les soupçons de l'étranger. La serrure n'était pas compliquée, et une forte lame d'acier suffirait pour faire rentrer le pêne. Holmes décida que nous resterions à l'extérieur, près de la fenêtre, couchés dans le bois, d'où nous pouvions surveiller notre personnage, s'il allumait une lumière, et en même temps assister à l'arrivée du visiteur nocturne.

Ce fut une veillée longue et lugubre et nous sentions le frisson qu'éprouve le chasseur à l'affût ? Quelle serait la bête sauvage que nous allions apercevoir ? Quelque professionnel du crime, avec lequel il faudrait, pour le capturer, engager une lutte périlleuse ? Quelque timide chacal, dangereux seulement pour les faibles ?

Nous nous étendîmes sous les arbres, attendant en silence. Tout d'abord les derniers pas des passants attardés et les bruits des voix dans le village égayèrent notre veille ; peu à peu ces sons s'éteignirent et l'on n'entendit plus rien que, de temps en temps, les heures qui sonnaient à l'église lointaine et le grésillement d'une pluie fine qui tombait sur les arbres au-dessus de nos têtes.

La demie de deux heures se fit entendre ; c'était l'heure la plus sombre de la nuit avant l'aurore. Tout à coup nous sautâmes en entendant un cliquetis métallique près de la barrière. On était entré dans l'avenue ; un silence se fit et je me demandais si nous n'avions pas été victimes d'un cauchemar, lorsqu'un pas timide glissa de l'autre côté de la cabine et fut suivi, quelques instants après, d'un grincement. L'homme essayait de forcer la serrure. Cette fois-ci il fut plus adroit ou ses outils étaient meilleurs, car nous perçûmes un bruit sec et la porte tourna sur ses gonds. Il fit craquer une allumette, et, un instant après, l'intérieur de la pièce était éclairé par une bougie. À travers le rideau de mousseline nous examinions la scène.

Le visiteur nocturne était un jeune homme pâle et maigre avec une moustache noire qui accentuait la lividité de son visage. Il ne devait guère avoir plus de vingt ans ; je n'ai jamais vu une créature humaine dans un tel état de frayeur. Ses dents claquaient et il tremblait de tous ses membres. Il était convenablement vêtu d'un veston à plis, d'une culotte courte et portait une casquette de drap. Il jetait autour de lui des regards effrayés. Enfin, il posa la bougie sur la table et s'en alla dans un des coins de la pièce, qui le cacha à notre vue. Il revint portant un des livres de bord qu'il avait pris sur l'une des étagères. Penché sur la table nous le vîmes tourner rapidement les feuillets jusqu'au moment où il arriva à l'endroit qu'il cherchait. Alors, avec un geste de colère, il ferma le livre, le replaça dans le coin et souffla la lumière. Il s'était à peine retourné pour sortir de la cabine, que Holmes le saisit au collet. Il poussa un cri de terreur en se sentant pris. La bougie fut rallumée et notre prisonnier se mit à trembler sous l'étreinte du détective. Il se laissa tomber sur le caisson et nous regarda successivement avec désespoir.

– Allons, mon beau garçon, dit Stanley Hopkins, qui êtes-vous et que faites-vous ici ?

L'homme essaya de recouvrer son sang-froid.

– Vous êtes, je pense, des détectives, et vous vous figurez que je suis pour quelque chose dans l'assassinat du capitaine Peter ; je vous jure que je suis innocent !

– C'est ce que nous verrons, dit Hopkins, mais tout d'abord comment vous appelez-vous ?

– John Hopley Neligan.

Je vis Holmes et Hopkins échanger un regard rapide.

– Que faites-vous ici ?

– Puis-je parler en toute confiance ?

– Non, certainement non.

– Alors pourquoi parlerais-je ?

– Si vous ne répondez pas, ce sera mauvais pour vous au procès.

Le jeune homme frémit.

– Eh bien ! je vous le dirai… pourquoi pas ?… Et pourtant je serai désolé de réveiller ce vieux scandale. Avez-vous jamais entendu parler de Dawson et Neligan ?

Je vis à la figure de Hopkins qu'il n'en avait jamais entendu parler, mais Holmes, au contraire, parut très intéressé.

– Vous voulez parler des banquiers de l'Ouest ? Ils ont fait une faillite d'un million et ont ruiné la moitié des familles de Cornouailles. Neligan a disparu ?…

– Précisément, c'était mon père !

Enfin, nous avions une piste sérieuse et pourtant il y avait du chemin à parcourir entre la faillite du banquier et l'assassinat de Peter Carey. Nous écoutions avec le plus grand intérêt le récit du jeune homme.

– Ce fut mon père, dit-il, qui fut le seul à subir cette faillite. Dawson s'était retiré. J'avais dix ans à cette époque, mais j'étais cependant assez âgé pour ressentir la honte qui s'abattait sur nous. On a toujours affirmé que mon père avait pris la fuite en emportant des valeurs ; c'est un mensonge, et il était convaincu que, si l'on avait voulu lui donner un peu de temps, il eût pu rembourser tous ses créanciers. Il partit pour la Norvège à bord de son petit yacht, quelques jours avant qu'un mandat d'amener fût lancé contre lui. Je me rappelle encore la nuit où il fit ses adieux à ma mère. Il nous laissa la liste des valeurs qu'il emportait avec lui et nous jura qu'il reviendrait quand son honneur serait rétabli, et que personne n'aurait à se plaindre de lui. Nous n'en entendîmes plus parler. Son yacht et lui-même disparurent totalement. Nous pensions, ma mère et moi, que le navire avait dû sombrer avec mon père et toutes ses valeurs. Nous avions un homme d'affaires qui était resté, dans notre malheur, un fidèle ami. C'est lui qui découvrit, il y a quelque temps, que quelques-unes des valeurs emportées par mon père, avaient été mises en circulation sur le marché de Londres. Vous devinez notre étonnement ! J'ai passé les mois à en suivre la trace et, enfin, après bien des difficultés, j'ai découvert que le premier vendeur avait été le capitaine Peter Carey, propriétaire de cette cabine.

Bien entendu, je fis une enquête sur cet homme, et je découvris qu'il avait commandé un navire armé pour la pêche de la baleine, et qu'il était revenu des mers arctiques à l'époque où mon père avait fait la traversée de Norvège.

L'automne de cette année-là avait été particulièrement orageuse, le yacht avait pu être chassé vers le Nord et rencontrer le navire du capitaine. S'il en était ainsi, qu'était donc devenu mon père ? En tout cas, Peter Carey pourrait me faire connaître dans quelles conditions ces valeurs avaient été négociées sur le marché ; cela me servirait, au tout moins, à démontrer que mon père ne les avait pas vendues et n'en avait pas tiré profit.

Je suis venu en Sussex dans le but d'avoir une entrevue avec Peter Carey, mais je suis arrivé juste au moment de sa mort. J'ai lu la description de sa cabine et j'ai remarqué qu'il y gardait ses livres de bord. Je pensai que, si j'arrivais à savoir ce qui s'était passé dans le courant du mois d'août 1883 sur la Licorne, je parviendrais à dévoiler le mystère qui entourait la disparition de mon père. J'ai essayé hier au soir de me procurer ces livres, mais je n'ai pu ouvrir la porte. Ce soir, j'ai renouvelé ma tentative, et j'ai réussi, mais j'ai constaté que les pages correspondant à cette époque avaient été arrachées du livre. C'est à ce moment que vous m'avez surpris.

– Est-ce tout ? demanda Hopkins.

– Oui, c'est tout.

Et ses yeux se détournèrent de nous.

– Vous n'avez plus rien à nous dire ?

Il hésita.

– Non, plus rien.

– Vous n'êtes pas venu ici avant la nuit dernière ?

– Non.

– Alors comment expliquez-vous ceci ? s'écria Hopkins en lui montrant le carnet à ses initiales, taché de sang sur la couverture.

Le malheureux s'effondra. Il cacha sa figure dans ses mains et se mit à trembler de tous ses membres.

– Où l'avez-vous trouvé ? murmura-t-il. Je n'y pensais plus, je croyais l'avoir perdu à l'hôtel !

– En voilà assez, fit Hopkins sévèrement. C'est devant les magistrats que vous vous expliquerez désormais. Suivez-moi maintenant au commissariat. Eh bien, monsieur Holmes, je vous suis très obligé, à vous et à votre ami, de m'avoir accompagné. Devant ce résultat, je puis dire que votre présence était inutile et que j'aurais pu me passer de votre aide, néanmoins je vous suis très reconnaissant. Je vous ai fait réserver des chambres à l'hôtel Brambletye, nous pouvons donc faire route ensemble jusqu'au village.

– Eh bien, Watson, que pensez-vous de cela ? me demanda Holmes, pendant le voyage le lendemain matin.

– Je vois que vous n'êtes pas satisfait.

– Oh ! si, mon cher Watson, je suis entièrement satisfait. Pourtant, le système de Stanley Hopkins ne me dit rien qui vaille. Je me suis mépris sur son compte. J'espérais mieux de son intelligence. Il faut toujours examiner deux hypothèses, l'une favorable, l'autre contraire. C'est une règle absolue dans une enquête criminelle.

– Quelle est la seconde dans ce cas ?

– Celle que je poursuis moi-même en ce moment. Elle ne donnera peut-être rien, je l'ignore, mais cependant je la suivrai jusqu'au bout.

Plusieurs lettres attendaient Holmes à Baker Street ; il en décacheta une, l'ouvrit et eut un rire de triomphe.

– Très bon, Watson, mon hypothèse se confirme. Avez-vous un imprimé pour télégramme ? Ayez donc la bonté d'écrire deux dépêches pour moi : « Summer, courtier maritime, Ratcliff Highway. – Envoyez trois hommes pour demain matin dix heures – Basil. » C'est là mon nom de guerre là-bas ; passons à l'autre : « Inspecteur Stanley Hopkins, 46, Lord Street Brixton. – Venez déjeuner demain neuf heures trente, télégraphiez si impossible. – Sherlock Holmes. » Voilà qui est fait, Watson ! Cette affaire me poursuit depuis dix jours ; maintenant je ne m'en préoccupe plus. Demain, j'espère, nous aurons le dernier mot.

L'inspecteur Stanley fut exact au rendez-vous et l'on commença à faire honneur à l'excellent déjeuner que Mme Hudson nous avait préparé. Le jeune détective était très fier de son succès.

– Alors, vous êtes sûr de votre solution ? demanda Holmes.

– Il me paraît difficile d'avoir une preuve plus complète.

– Elle ne me semble pourtant pas concluante.

– Vous m'étonnez, monsieur Holmes. Que peut-on demander de plus ?

– Est-ce que votre système ne présente pas quelques lacunes ?

– Certainement non. J'établis que le jeune Neligan est arrivé à l'hôtel Brambletye la nuit du crime, disant qu'il venait jouer au golf. Sa chambre était située au rez-de-chaussée et il pouvait sortir à volonté. Il descend la nuit même à Woodman's Lee, voit Peter Carey, se prend de querelle avec lui et le tue d'un coup de harpon. Terrifié de ce qu'il avait fait, il prend la fuite après avoir laissé tomber par mégarde dans la cabine le carnet qu'il avait apporté avec lui pour poser à ce capitaine des questions sur les valeurs qu'il y avait inscrites. Vous avez pu remarquer que certaines d'entre elles, les moins nombreuses, étaient soulignées. Elles correspondaient à celles trouvées sur le marché de Londres. Les autres devaient sans doute être restées en la possession de Carey, et le jeune Neligan, si l'on en croit sa déclaration, désirait les obtenir dans le but de désintéresser les créanciers de son père. Après sa fuite il n'osa sans doute pas revenir et dut s'armer de courage pour recueillir le renseignement qui lui manquait. Est-ce assez simple, assez évident ?

Holmes sourit et secoua la tête.

– Il n'y a qu'une objection : c'est que votre hypothèse est absolument impossible. Avez-vous jamais essayé de transpercer un corps avec un harpon. Non, n'est-ce pas ? C'est pourtant un détail à ne pas négliger, mon cher ; mon ami Watson vous dira que j'ai passé toute une matinée à me livrer à cet exercice. Ce n'est pas chose aisée, croyez-le, il faut à la fois un bras solide et une grande habitude. Le coup a été donné avec une telle violence, vous vous rappelez, que la pointe barbelée s'est fichée profondément dans la cloison. Pouvez-vous croire un instant que ce jeune homme si faible ait eu la force suffisante pour accomplir un tel acte ? Est-ce là l'homme qui a bu du rhum avec Peter le Noir, pendant la nuit ? Est-ce son profil qu'on a vu se détacher sur le store deux nuits auparavant ? Non, non, Hopkins, c'est un homme autrement redoutable que nous avons à découvrir.

La figure du détective s'était allongée de plus en plus pendant le discours de Holmes. Il voyait disparaître à la fois ses espérances et ses ambitions, mais il ne voulait pas abandonner la place sans lutte.

— Vous ne pouvez pourtant pas nier que Neligan soit venu cette nuit-là, monsieur Holmes. Son carnet le démontre. Je crois bien, quoi que vous puissiez dire, que j'ai assez de charges pour convaincre le jury. Et puis, d'ailleurs, j'ai arrêté mon gaillard, et quant à l'homme redoutable dont vous parlez, dites-moi donc où il est ?

— Je crois bien, dit Holmes avec le plus grand calme, qu'il monte l'escalier ! Vous ferez même bien, Watson, de prendre votre revolver.

Holmes se leva et posa sur une table une feuille de papier écrite.

— Maintenant, nous sommes prêts, dit-il.

Des voix fortes s'étaient fait entendre sur le palier, et Mme Hudson ouvrit la porte annonçant que trois hommes demandaient à parler au capitaine Basil.

— Faites-les entrer un à un, dit Holmes.

Le premier était un petit homme aux joues rouges armées de favoris blancs. Holmes tira une lettre de sa poche.

— Comment vous appelez-vous ?

— James Lancaster.

— Je suis désolé, Lancaster, mais la place est prise. Voici un demi-souverain pour votre dérangement. Passez dans cette pièce et attendez quelques instants.

Le second était un homme grand et maigre aux cheveux longs, aux joues creuses. Il s'appelait Hugh Pattins. Il fut également refusé, reçut un demi-souverain et attendit aussi. Le troisième était un homme d'une force herculéenne, une figure de boule-dogue, encadrée par une broussaille de cheveux et de barbe. Deux yeux noirs étincelaient sous des sourcils épais. Il salua et se tint en vrai marin tournant son béret entre ses mains.

– Votre nom ? demanda Holmes.

– Patrick Cairns.

– Harponneur ?

– Oui, monsieur, vingt-six campagnes.

– Vous êtes de Dundee ?

– Oui, monsieur.

– Quels gages demandez-vous ?

– Huit livres par mois.

– Vous pouvez partir tout de suite ?

– Dès que j'aurai mon ballot.

– Avez-vous vos papiers ?

– Oui, monsieur.

Il tira de sa poche un livret graisseux. Holmes le regarda et le lui rendit.

— Vous êtes l'homme que je cherche. Le contrat est sur la table, signez et tout sera paré.

Le marin traversa la pièce et prit la plume.

— Où faut-il signer ? demanda-t-il en se penchant sur la table.

Holmes s'appuya sur son épaule et passa ses deux mains par-dessus sa tête.

— Ça y est ! dit-il.

J'entendis un cliquetis de cadenas et un mugissement de taureau en fureur. Un instant après, Holmes et le marin se roulaient par terre. Sa force était telle que, malgré les menottes que Holmes lui avait si lestement passées, il n'eût pas tardé à assommer mon ami, si Hopkins et moi n'étions venus à son secours. Ce fut seulement quand j'eus appuyé le canon de mon revolver sur sa tempe, qu'il comprit que toute résistance était inutile. Nous lui attachâmes les pieds avec une corde et nous nous relevâmes essoufflés.

— Je vous dois réellement des excuses, Hopkins, dit Sherlock Holmes, car les œufs brouillés seront sans doute froids, mais vous déjeunerez certainement de meilleur appétit en songeant que cette affaire est enfin terminée à votre honneur.

Stanley Hopkins était muet d'étonnement.

— Je ne sais que dire, fit-il enfin, il me semble que je me suis conduit depuis le commencement comme un imbécile et je saisis maintenant ce que je n'aurais jamais dû oublier, c'est que je suis l'élève et vous le maître. Même à l'heure présente, je vois ce que vous avez fait, mais je ne me rends pas compte pourquoi vous l'avez fait et ce que tout cela signifie.

– Eh bien, eh bien ! dit Holmes avec enjouement, c'est toujours l'expérience qui instruit et la leçon que je vous ai donnée vous servira. La piste du jeune Neligan vous absorbait à un tel point que vous n'avez pas eu le temps de songer à Patrick Cairns, le véritable assassin de Peter le Noir !

La voix rude du marin interrompit notre conversation.

– Voyons, monsieur, dit celui-ci, je ne me plains pas de ce que vous m'avez fait, mais je tiens à ce que vous appeliez les choses par leur nom. Vous dites que j'ai assassiné Peter Carey. Je vous affirme que je l'ai tué, voilà la différence ! Peut-être ne croyez-vous pas à mes paroles, peut-être pensez-vous que je vous en conte ?

– Pas du tout, dit Holmes, voyons seulement ce que vous avez à dire.

– Ce sera vite raconté, et vous saurez toute la vérité. Je connaissais Peter le Noir et quand je le vis s'élancer sur moi un couteau à la main, je l'ai transpercé avec le harpon, car j'ai compris que l'un de nous deux y passerait. C'est ainsi qu'il est mort. Vous pouvez appeler cela un assassinat, peu m'importe ; j'aime mieux mourir la corde au cou que le cœur percé par le couteau de Peter le Noir.

– Comment vous êtes-vous trouvés ensemble ? demanda Holmes.

– Je vais vous raconter cela d'un bout à l'autre, mais donnez-moi une chaise pour que je puisse parler plus facilement. Cela date de 1883, au mois d'août. Peter Garey était capitaine de la Licorne et moi j'étais à son bord en qualité de harponneur auxiliaire. Nous sortions des icebergs, cinglant vers l'Angleterre ; nous avions vent debout et depuis une semaine, la tempête du sud faisait rage. Nous rencontrâmes un petit navire qui avait été poussé vers le Nord. Un seul homme s'y trouvait ; ce n'était pas un marin, et l'équipage, pensant que le navire allait sombrer, s'était enfui dans le canot vers les côtes de Norvège et avait dû y périr englouti. Nous prîmes cet homme à bord et, durant la traversée, il eut avec le capitaine de longs entretiens. Tout son bagage consistait en une boîte de fer-blanc. Je n'ai jamais entendu prononcer son nom, et il disparut la seconde nuit comme s'il n'avait jamais existé. On a dit à ce moment qu'il s'était jeté ou qu'il était tombé par-dessus bord au milieu de la tempête. Un seul homme savait ce qui lui était arrivé, et c'était moi, moi qui avais vu le capitaine lui attacher les pieds et le jeter à la mer, tandis que je faisais mon quart pendant une nuit des plus noires, deux jours avant d'apercevoir les phares des Shetland. Je gardai mon secret pour moi, attendant les événements. Quand nous fûmes revenus en Écosse, il n'en était plus question et on n'en parla plus. Un étranger était mort par accident, toute enquête était inutile ! Peu de temps après, Peter Carey abandonna le navire et je passai de longues années avant de découvrir sa retraite ; j'avais compris qu'il avait commis le crime pour s'approprier le contenu de la boîte en fer-blanc et je pensai qu'il paierait cher mon silence.

Un marin, qui l'avait rencontré à Londres, me donna son adresse et aussitôt j'allai le voir pour lui tirer de l'argent. La première nuit, il fut très raisonnable et se montra décidé à me donner une somme suffisante pour me permettre de vivre désormais en repos. Nous devions tout arranger dans la nuit du surlendemain. Quand je revins au rendez-vous, il était aux trois quarts ivre et d'humeur massacrante ; nous nous assîmes, bûmes et causâmes du passé. Plus il buvait, plus son regard devenait menaçant. Je remarquai le harpon posé sur le râtelier et je pensai que le moment viendrait peut-être où je serais dans la nécessité de m'en servir. Enfin sa fureur éclata. Tout en jurant, il marcha sur moi, tenant à la main un long coutelas ; mais, avant qu'il pût le tirer de sa gaine, je l'avais transpercé d'un coup de harpon. Ciel ! quel cri il poussa ! Sa figure me poursuit depuis lors dans mon sommeil. Je restai là, cloué, tandis que son sang coulait de tous côtés. J'écoutai ; on n'entendait dehors aucun bruit. Je m'armai de courage, regardai autour de moi et aperçus la boîte en fer-blanc sur une étagère. J'y avais autant de droits que lui, je la pris et m'enfuis hors de la cabine. Comme un imbécile, j'ai laissé ma blague à tabac sur la table !

Mais voici la partie la plus étrange de mon histoire. À peine étais-je sorti que j'entendis des pas ; je me cachai dans le sous-bois. Je vis arriver un homme qui entra dans la cabine, jeta un cri comme s'il avait vu un spectre et s'enfuit à toutes jambes ! Qui il était ? Ce qu'il voulait ? Je ne saurais le dire. De mon côté, j'ai fait dix milles dans la nuit pour aller prendre le train à Tunbridge Wells et je suis rentré à Londres sans difficulté.

Lorsque j'examinai la boîte, je constatai qu'elle ne contenait pas d'argent, mais seulement des papiers que je n'aurais jamais osé vendre. J'avais perdu tout espoir de m'enrichir et je me trouvai sans un sou sur le pavé de Londres. Il ne me restait que mon métier pour vivre. Je vis ces annonces demandant des harponneurs auxquels on devait donner des gages importants, et je suis allé à l'agence qui m'a adressé ici. Voilà tout ce que je sais, et je termine en affirmant que, s'il est vrai que j'aie tué Peter le Noir, la justice devrait m'en être reconnaissante, car je lui ai fait économiser le prix de la corde.

– Voilà une déposition très claire, dit Holmes se levant et allumant sa pipe. Je crois bien, Hopkins, que vous ne ferez pas mal de faire conduire votre prisonnier dans un lieu plus sûr. Cette pièce ne peut servir de chambre de sûreté, et M. Patrick Cairns prend beaucoup de place dans l'appartement.

– Monsieur Holmes, dit Hopkins, je ne sais comment vous exprimer ma reconnaissance. Encore maintenant, je ne comprends pas comment vous êtes arrivé à ce résultat.

– Tout simplement parce que, dès le début, j'ai trouvé la bonne piste. Si j'avais eu connaissance de la découverte du carnet, peut-être aurais-je pu m'égarer comme vous, mais tous les détails que j'avais convergeaient vers le même point : la force herculéenne, l'adresse dans le maniement du harpon, le rhum, la blague en peau de phoque, le tabac lui-même, tout cela, dénonçait le matelot. J'étais convaincu que les initiales P. C. inscrites sur la blague, étaient une pure coïncidence et non celles de Peter Carey, puisqu'il fumait rarement et n'avait même pas une pipe dans sa cabine. Vous vous rappelez que je vous ai demandé s'il y avait du whisky et du cognac dans la cabine ? Vous avez répondu affirmativement. Il n'y a que des marins pour boire du rhum, quand il y a d'autres sortes d'alcool dans la maison. J'étais sûr que ce ne pouvait être qu'un matelot !

– Et comment l'avez-vous trouvé ?

– Le problème était très simple, mon cher Hopkins. Si c'était un matelot, il devait être un de ceux qui avaient été avec lui sur la Licorne, car il n'avait jamais commandé un autre navire. J'ai passé trois jours à télégraphier à Dundee. Au bout de ce temps, j'avais obtenu le nom de tous les hommes de l'équipage de la Licorne en 1883. Quand j'ai su que Patrick Cairns était au nombre des harponneurs, mes recherches étaient presque terminées. J'ai réfléchi que l'individu devait être à Londres, et qu'il ne demanderait pas mieux de quitter le pays pour quelque temps. J'ai passé plusieurs jours dans les taudis de Londres, comme si je voulais recruter un équipage en vue d'une expédition arctique, promettant des gages très élevés aux harponneurs qui voudraient servir sous le commandement du capitaine Basil. Vous avez vu le résultat !

– Merveilleux ! s'écria Hopkins.

– Il faut obtenir, le plus tôt possible, la mise en liberté du jeune Neligan, dit Holmes. Vous ferez même bien de lui adresser des excuses. Il conviendra aussi de lui remettre la boîte de fer blanc ; quant aux valeurs que Peter a vendues, elles sont certainement à jamais perdues… Voici le fiacre qui arrive, vous pouvez emmener votre gaillard, Hopkins. Si vous avez besoin de moi au cours du procès, je serai sans doute avec le Dr Watson quelque part en Norvège à ce moment. Je vous en reparlerai d'ailleurs.